늦봄

천년의시 0172 늦봄

1판 1쇄 펴낸날 2026년 1월 30일

지은이 윤혁재
펴낸이 이재무
기획위원 김춘식, 유성호, 임지연, 차성환, 홍용희
편집 이호석, 박현승
편집디자인 김지안, 장수경
펴낸곳 (주)천년의시작
등록번호 제301-2012-033호
등록일자 2006년 1월 10일
주소 (03132) 서울시 종로구 삼일대로32길 36 운현신화타워 502호
전화 02-723-8668
팩스 02-723-8630
블로그 blog.naver.com/poemsijak
이메일 poemsijak@hanmail.net

ⓒ윤혁재, 2026, printed in Seoul, Korea

ISBN 978-89-6021-840-6 04810
　　　978-89-6021-105-6 (세트)

값 11,000원

늦봄

윤혁재

천년의 시작

시인의 말

공교롭게도 군 생활 끝머리를 베고 누운 모포 속에서
온 젊음 다해 심었던 사제司祭의 싹이
촐랑촐랑 돋아 내밀다 더 자라지 못했습니다
엄니는 몹시 서러워하셨습니다

세상살이에 쓰잘데없는 그간의 공부
내버리려 애써도 달라붙어 옵니다
마치 쇼생크 감옥에서 오랫동안 잃어버린 그 자유가
생경한 바깥세상에 적응하지 못한 죄인 같았지요

갇힌 세상에서 별안간 쫓겨나와
너른 세상 틈새만 헤집다 낡아버린 날들이
아마 시집 지을 서까래가 되었나 봅니다

새 세상 보려 어린 시들이 막 꼼지락거리니

벅차오릅니다

한 홉, 한 홉,

세상 바람 가쁘게 마시는 아름이에게

제 어린 시들을 엄니, 대신 안겨 주려고요

저 산과 들에 숨어 버린 분노들이 뛰쳐나와

내 가난한 시집 속에서라도 언 손발 녹히고 싶은가 봐요

옛적에 자라다 말고 시들어 버린

내 어린 사제의 싹처럼

이 아픔들 보듬어 키워보려고요

2026년 정월

윤혁재

제1부

묵은지가 청보리를 기다린다

늦봄
장독대 김칫독
묵은지 냄새는
엄니 등에 배인 땀 냄새다

어린 청보리 고랑은
이 가난 아직도 주저앉아
고집을 부린다
청보리야, 너는 언제
네 노란 꽃 살찌게 피워 올려
울 엄니 한껏 안아 주려나

붉은 해
뉘엿뉘엿 봉산 제집 들면
종일 달궈진 뒷강
아이들처럼
첨벙첨벙 뛰어드는
식은 보리밥 한 덩이와

띠포리[*] 몇 마리가
작은방 동솥^{**}에서 보글보글 끓는다
묵은지 국밥 냄새가
해거름 추녀 밑을 살금살금 기어들면
꾸르륵거리는 배 움켜잡는
저 아이들
다닥다닥
해거름 지붕들도
흙담 기대 눈 붙이려 들면
해종일 지지대던 아이들과
다독다독 토닥이다
같이 조는 엄니

* 띠포리 ; 밴댕이의 방언.
** 동솥 ; 옹달솥.

일요일이 만난 사람들

〈 쫓겨난 저녁 〉

일요일 오후
장 좀 봐 오라길래
기다렸다는 듯
후다닥 달려 나간다

소사 시장 구석진 아지매 집
바가지로 퍼 담아내는
전라도 토종 술이 있어
기다리는 이 없어도 복작거린다

저 둘안 논밭 지슴*들을
끝없이 엎드려도
굽어진 허리만 펴는
농부의 소출所出처럼
장 보러 간
남편의 취한 소문만

온 동네 휘젓는다

아름이와 도란거릴
일요일 저녁을
넘나들지 못하게
아내는
울타리 쳤다

〈 나지막한 집 〉

시장 언덕
비스듬히 걸터앉은
해거름이
적막하게 소란 피운다

기다리던 할미는
고봉으로 싣고 온
할배의 무거운 하루를
쟁여 놓느라

입김 가득 품어내는
일요일
애썼다고,
탈 없이 영감님 잘 모셔왔다고,
할미는
고생한 바퀴들을 어루만진다

칠월 해거름이
제 집 내리다 말고
저 도란거리는
나지막한 지붕을 토닥인다

* 지슴 ; 논밭의 잡풀.

부탁 하나

더운 대낮들을
보듬어 헤집던
꽃잎 속
마른 두 날개를
가만히 덮는다

포개진 숱한 날개들
떨어진
무덤 앞
얼싸안아 쓰다듬던
꽃잎들의
손자국 속엔
비상의 눈물 고여 있다

새벽까지 떠나지 못한
여기를
저 어스름 함께
우리들 본향으로 가고 있으니

서러운

눈물로

솟는 화 달래시며

그냥, 가시는 그 길 편하게 가시길

기적을 보려면

영화, 〈갓 파더God Father〉의 주인공이
생뚱맞게, 낡은 자신의 시간을
어린 손자의 손에 내맡겨
해맑은 정원 속으로 들었다

손자 깔깔깔 대는 소리에
총 들고 다니던 그 근성 다 잊어버리고
어릴 적 자신의 맘, 또 한 번 움켜쥐려다
생전에 맞아 보지 못한 공기총에 그만 쓰러졌다
자신이 쏜 총에 쓰러진 이웃처럼

누렸던 세상의 온갖 것 마다한
손자의 해맑은 맘이었다니
이것이 현대판 기적
제 삶의 반대편에서 자신을 쳐다보면
누구나 그곳에서 기적을 만날 수 있을 텐데

생전에, 장난감처럼 들고 다니던 총으로
이웃을, 슬픔의 창고 속으로 끌어모으더니
손자와의 숨바꼭질 놀이 속에서

포악했던 예전의 짓들을 또록또록 보았을 것이다

용서는 사람이 해야 한다는
하기 좋은 그 말 대신
오로지 신의 몫으로 남겨 두어야 한다고
외칠 수 있을란지요

무상한 생각으로 내 맘 어찌 열어 보니
시커먼 맘꽃 냄새가 진동해 얼른 닫아 버렸다
살아 있는 온갖 생명들, 이웃을,
야금야금 갉아먹은 짓들이 도둑의 징표가 아닌지,
내 맘을 법정에 세워 봐야겠다

이웃의 도둑이거나 살인 방조자, 살인자가 아니 되고선
살아남을 수 없다는 확증 편향이 된 내 맘
내가 먼저 살아야 내 이웃의 공평을 나눌 수 있다는……
내 생각 숨기곤
우쭐대며, 많은 이웃을 배려하는 양
오늘도 하늘에다 두 손 스스럼없이 모둔다

평화시장

개구쟁이 동자승처럼
큰스님도, 순례자도
벽장 깊숙 숨겨진, 손에 잡힐 듯 말 듯 한
맘, 잡아보려 손을 놓지 못한다
언제 모퉁이 돌아가 버리는
저 시의 뒤 모습처럼
나도 한 번쯤 숨겨진 내 맘 그려내 보고 싶다

시간이 뒤쫓아오는 것처럼
나를 산란스럽게 한다
이럴 땐, 옷 만드는 평화시장을 헤적이다 보면
광장의 선지자처럼
공평한 노동을 설파하다
불타, 하늘로 올라가신 태일이 형, 볼 수 있어 조금 낫다

청계천을 수북이 흐르던 옷 공장 노동을
새벽같이 끌고 나가
획득한 생산을 심각하게 의심하더니
이젠 형은, 거기에서는 일도 않고 그저 잠만 자는 기요
땅 내딛는 사람들 발소리 듣고선

우리나라 노련해졌다면서도
그곳에서도 기쁜 얼굴보다 분신할 것 같은 태일이 형요,

해종일, 등 굽혀 고랑 고랑 키워내면
온갖 생명들이 짓는
저 손짓 발짓이
내 허리 사이뿐 아니라 머릿속까지 넘나든다
남새밭 새파란 이파리들 속에는
내 천국이 있는 것 같다

나의 살던 고향은
떠나온 소사 시장 뒷골목에서도
귀 쫑긋 대면
하시라도 보채며 다가올 남새밭 같은데

태일 형요,
타향의 도시 골목 속에서
천국인 남새밭을 찾는 나,
거기에도 두 다리 찰방대는 청계천 물 흐르는지요

비 그치듯

비 젖어
축축한 몸들이
병동을 가득 가두면
아픈 아내가
해 저녁 남편을 그린다

속수무책 봄비가
조근조근 그치듯
마른 손등
부러질 듯 일으켜보려무나
환한 오월아,
너도 같이 부추겨 주거라!

낡은 몸에 박힌 멍들
애써 털지 않아도
이젠
눈물 젖어
더디게 삭아진다

아침 햇살에 머리 치켜들듯

아픈 우리의 병病아,
갇혔던 병동 활짝 열어젖혀
총총총 너도 안겨주려무나

당살미堂山尾

바깥 동네 쑥 들어간 안 동네
뒷골목 좁은 길 끄트머리 외딴집
혼자된 소장수 의령 할배

새벽마다 소 울음 다독여
우시장 끌고 가시더니
아직 돌아오지 않는다 하고
지금의 나를 닮은 그때의 어른들도
한 분, 한 분,
여태까지 우리 동네 찾아오지 못한다 한다

대보름날, 북채 잡고
동사* 앞 버꾸 마당서 뛰고 절던
샛터 어른 둘째, 판도 형이
바람 부는 세월 피해 다니시다
처진 눈꺼풀 잡아 올려
내 굽은 등 쳐다본다

조일천朝日川 건너
아라가야 궁터로 시집간
맹자 누야**
이태 반이 지났을까
남편이 저지른 일, 집안 망신이라며
보따리 싸 들고
조일천 다리 곁에
코딱지 점방 차려 꼿꼿이 앉았다

어김없이 서는 함안 오일장
누대로 농사짓는 당살미 사람들
긴 주둥이 뽀족 내민
갈치 몇 마리 건들 들고
맹자 누야 점방
막걸리 몇 잔 들고 어슬렁 동네 든다
빈틈투성이
파장도 봉산 해거름 함께 오늘을 든다

갓데미산 내린

함안천이

둘안 한바닥을 축축하게 적셔 주고

봉산 빨간 노을은

언제나 두 팔 벌려

당살미 굽은 등을 안아 주는데

구불구불

아슴한 꽃등개 길처럼

맹자 누야 가는 길

보이지 않는

* 동사 ; 동네 대소사를 의논하는 곳.
** 누야 ; 누님.

다구리*

그물질 나간 지 한나절도 안돼
낡은 어부 하나를 고기처럼 싣고 오자
포구, 몇 안 되는 구붓한 상두꾼들
지난해 노인 회장 주검 치르듯 채비 서두른다

포구도
낡아가는 동네 사람들 닮아
굳어진 갯벌이 숨이 가빠
자주 주저앉는다
물렁한 갯벌 먹고 자라던 숭어들도
하나둘 떠나갈 때

포구에서 태어나
먹고 자란 비린내가
지겹다고
파닥거리다
대처로 나간 젊은 날이
엊그제 같은데

오늘 유령처럼 돌아와
자욱이 흐르던 비린내를
개처럼 흠흠거려 동네를 헤맨다

중천에서야 만난
몇 마리 바다가
쪼그라드는 시장 모퉁이
퍼질러 앉은
다라이 속에서
솟구라지고 펑퍼지며 몰려다니던
태평양인 양

전설의 춤 보고 싶어
뼈끔뼈끔 제 몸 할퀴고 있다

속 다 헐어도
사라진 개흙내 찾아보려
쏟아지는 새벽잠 일으킨
이랑이

저 아래
단단해진 방파제를
때리고 있다
철썩철썩
다구리는 생물로 파닥거려야 한다

* 다구多口리 ; 마산 합포 진동면에 있는 작은 포구.

땡볕

작년 가을부터 시작되던 가뭄에
유월 검푸른 제비 더위 피해
제집 처마 밑에서 꼼짝 않는다

칠월 땡볕에 풀 죽은 호박꽃 나비도
사르르 날개 접는다
노란 꽃에 매달린 새끼 물외와
풋고추들을 간간이 식혀 주던
매미 울음

방과放課 후 소 먹이러 갈 아이 게으름 피우다
도둑고양이처럼 남새밭 어미 물외*잽싸게 떼 낸다
할매 저만치서 지켜보고
언덕 버드나무 뻐꾸기 소리
놀라 멀뚱 섰는
순둥이를 바쁘게 잡아챈다

쇠똥 내 자욱한 안 동네 겨우 지나 쳐다보니

남새밭 새끼 물외
저 혼자 외롭다

영문 모른 송아지 종종종
발걸음이 바쁘다

해거름 담벼락 아래 쪼그려 앉은 아이
달디단 물외 물던 그 입 다물고
부릅뜬 할매 피할 길 없어
멀뚱멀뚱 되새김질하는 순둥이 목덜미를
와락 끌어안는다

* 물외 ; 오이.

단풍

바람 부는
계곡과 구릉지에서도
온 들에서도
부름켜 데려와
나무와 풀들을 푸르게 키웁니다

든든한 뿌리
캐내
향내 우려내고
따낸
잎들 향긋하게 무쳐

먹고 있습니다

아이처럼
종일 내린 해
따땃히 쬐여
밤 비추는 달 보며
잠든 사이

아, 가을이
오고 말았습니다

온 산과 들의
잎과 뿌리들
빼앗기듯 내어주더니

삼동 지나
봄 오면
눈 비벼 일어날
제 새끼 살리려

온 여름
긴 땡볕
생명수 짊어지고
달려오던 그 길마저
떨켜 데려와
꽉 막아버렸습니다

울긋불긋

피멍 든
저 모습들

참,
아름답구나

내용 없는
감탄만 떨어져
저 산 이 들녘에 수북 쌓고 갑니다

시, 뒷모습이라도

그대의 뒷모습
금방 숨어든 저 골목 속을
눈 빠지게 쳐다만 보아도
나 즐겁더니만
그대 뒷모습
오늘도 내 손 잡아 줄 것처럼
불쑥 나타나지 않는구려

숨어버린 저만치를
놓칠세라
쫓아간 그곳엔
뒤돌아도 보지 않는
언제나 그대 손짓뿐

조용한 묵항의 산등에
올랐다는 그대 소식에
바삐 오르니

넘실넘실
파랑 함께 손짓하는

그대 뒷모습
풍랑 함께 호시 타고 있네요
진저리쳐 오는 이 두려움

흙내 물씬, 한여름 동네 뒷강
물귀신에 끌려
그 헛물 흠뻑거리다 겨우 오른
안도의 숨처럼
시퍼런 파랑 위를
허겁지겁 따라가 보려고요

사람 드문 묵항 산등
해 저녁 밥집
막걸리 사발 속을
헤어나지 못하자

그대
어찌 내 막걸리 사발 속에서
엎어지는가
얼렁 돌아가

오늘 본 내 얼굴 그려보라 하시며
껄껄껄
날 부추겨 일으켜 주시네요

이월 쫓는 촉들

추위 얼어붙던
수챗구멍이 쪼르 쪼르르
잠자던 남새밭을 발칵 뒤집으니
쫑긋거리던
여린 새끼 마늘도 한이불 걷어차고
서울 청과시장 달려갈 채비를 한다

올해도 요것들이
당신의 귀한 새끼처럼
소록소록 커 갈 즈음

구석진 남새밭
찔레꽃 내 아이 좋아라
저리 촐랑거린다

청량리 어문 골목에서 자불던
능구랭이 허블 손가락질하다
흙 묻은 고무신 발로
세 번 침 뱉고
자근, 자근, 자근, 밟아주던

덕순이 그 가시내
먼발치 소문처럼
비린내 밴 자갈치 이고
쫑쫑거리고 있을는지

9월

틈새 비집고 올라온
사람 하나, 나무 하나,
모양 다른 시간
하나씩 붙잡고
하루하루를
오종종 매달려 왔다

시퍼렇던 잎들 샛노랗게 익었다지만
각자의 날들은
멍들어 낡아
흙이 될 날 머지않았다

이파리들도 아이들도
익어 가는 향일진 몰라도
언제부터 시큼하게 풍기는
각자의 냄새
흠흠대며 쳐다본다

화가처럼
벽에 걸린

숱한 아쉬움의
제 그림을
자꾸 바라보며 묵상하듯

낡아
빙그르르 떨어지는
멍든 이날들
어디로 되돌릴 수 없듯

하루하루 틈새 시간 속
화려한 저 회한들
짐가방 속에 꾸려야겠다

해 지기 전

오뉴월 구릉지 비탈의 꽃더미들
영월 어느 변방
상제喪制 나비 몇 마리도
낮은 골짝
꽃으로
꽃으로
날개 나풀나풀 날고 있다

상제 나비
어느 날
난데없이
곤두박질하며 떨어진
무덤 앞

어미 개미
떨어진 나비 날개 잡아챈다

고개 너머 기다리는
해 지기 전 새끼 개미들
어미 기다리다

잘못 든 길
개미귀신 구덩이
발버둥치는 새끼 개미처럼
오늘 하루도
어둠 속으로 저물어 간다

아름이

어느 것 하나
베어 넘어트리지 않고는
못 배기던
아버지의 시간들이
아이와 여자들을 수시로 내동댕이쳐 버린다

세찬 바람맞으며 보내준 엄니의 땃땃하던 가슴속은
날짐승의 겨웠던 날개 속 따뜻한 바람 같다
내 빨간 귀꽃을 모질게 피워 올리듯
독뱀에 물려 고함치는 개구리 숨 넘기는 소리는
가물어 갈라진 논바닥 아픔보다 더 순하다
흙담 잡고 선 내 오두막집 무거운 그림자를
가뿐히 들어 올리는 저 구름 따라가고 싶다

아버지의 시간들이 뭉툭해지기까지
등 구부려
내 아이와 여자를 위해
가차 없이 이용했던
내 무릎을 아름이가 들이댄다
안기다,

뒤뚱거리다,
넘어지던 아름이,
언제 이리 순한 커피 향에 눈 감을 줄 알았을까

찬란한 아침의 겨운 눈물 한껏 보듬고
소사동 내 좁은 골목들을 밤늦게 든다
내 시간들의 낡아가는 냄새는
해거름 짙붉은 내 속내 색깔이다
구차하게 알 필요조차 없다, 아름아,
시간은 힘센 팔뚝에 민첩하게 움직인단다

아비의 우연한 역사를 두려워하지 않는
지금의 아름아
너를 서럽도록 안아 준다

제2부

수선사*

뒷산 절 계곡물이
오늘따라 유달리
큰소리로 달아나는 건
밤새 쌓인 폭우 때문은 아닌 것 같다

아무래도
높은 법당 큰스님에게
졸다, 공양 놓쳐
호되게 꾸중 맞은
동자승
계단 우당탕 도망치는 소리인가 싶다

늦은 공양이
부처님 세상 버릴 일 아니라는 걸
동자승도 빤히 아는데
수선사처럼 큰 스님이
이걸 모를 일 아닐 텐데

법당
덩그러니 혼자 조아려
아픈 종아리 울음 달래는
동자승을 바라보고

큰 덩치 스님, 당신 맘 추슬러
뛰쳐나간 동자승 쫓아가다
그만, 이마에 맺힌 땀방울과
맺히는 눈물 떨구고 말았다

총총총 도망가듯 내리던
뒷산 계곡물
이제야
제 발걸음 소리대로 흘러간다

* 수선사 ; 산청에 있는 절.

남새밭 성당

성당 갈 채비를 마친 아비가
냅다, 엄니요,
쇠약한 몸은 코로나에 잡아먹힐 수 있으니
읍내 성당 미사 대신
집에서 예절 드리는 게 안 좋겠소 하며
놀아주던 소란둥이 손자 놈들 다 데려
저들끼리 주일 미사를 간다

난데없이 점령당한 이 적막 속에서
여태 하던 주일 미사 가지 못하고
혼자 하는 예배가 엄두 나지 않는데
대문간 고양이 사알 다가와
한 발, 한 발, 기대고 다니던 작대기 잡아끌고
당신의 유일한 남새밭으로 데려간다
옳다구나
힘 달려 가쁜 숨 몰아쉬며 내려가다
언덕 중간 옴팡한 곳 주저앉아
내미는 저 쪽빛 하늘 조금 내려

공소 예절* 드릴 제사상 조촐하게 차렸다

몰려다니는 오뉴월 바람들 불러 모으고
쪽파 새끼들 아침 햇살들 부르고
밤이 무섭지 않은 저 별들 닮아 가는
새끼 고추꽃들 불러 모으고
뒷집 둘순이 가시내
열없는 얼굴 닮은 호박꽃들마저 데려와
어수선한 기도 드린다

기도 중 갑자기
혹여, 오늘처럼 방구석 웅크린 짐덩이 되다
저 너머 산동네 요양병원 신세 되지 않을까 하는
태산 같은 두려움이
할매 맞잡은 손바닥을
파고드는 이 분심分心**

저물녘까지 당신과 재밌게 놀다 온
까마중 같은 새끼들이
하느님, 당신보다 너무 좋아 죽겠습니다

* 공소 예절 ; 사제 없이 드리는 성당 전례.
** 분심分心 ; 맘이 어수선해 기도가 잘 안 됨.

함바집에서

검단신도시
공사판 함바집엔
새벽부터 저녁 늦게까지
믹스커피가 끓고 있다
오월 해 저녁
쪼가리김치*로
막걸리 한 병 달랑 놓고
두어 시간째 주인 여자 눈총 맞는다

밀려나 앉은
구석진 작은 벽창으로
들어온
저녁 하늘 따라
오일장 구경하듯 기웃거린다

햇살 한 꾸러미,
몽글 쪄낸
구름빵 몇 장,

별들 한 소쿠리 퍼담은
요것들로
함바집 주인 몰래
뒷문 기대 조는 고양이 불러 깨워

목단 꽃무늬 벽지에다
햇살 한 접시 무료,
구름빵 한 장 무료,
한 사발의 별들도 무료,

꾹꾹 눌러 붙인 새 메뉴판
품삯은커녕
쫓겨나고 말았다

* 쪼가리김치 ; 깍두기.

처형 2

여자라고
무슨 하녀 부려 먹듯 쥐어박혀도
자식들과 빠듯한 살림에
어데 엄두나 낼 수 있었겠더냐고요
지아비의 따스운 밥 한 상을
흘리던 눈물이
부엌 저 붉은 눈길 피해
윗목 한구석에 싸놓은 보따리
안고 나가는 새벽

"저년이 핏덩이 두고 간 독한 년 이제"라며
부지깽이 들쑤셔대는
아낙네들 눈총에
숭숭 뚫린 가슴팍은 두 새끼 까만 눈만 안고 간다
세상 온갖 것에 눈길 한번 안 주며
한 푼 두 푼 옭아쥐더니
소리 없이 커 오던 뚝새풀처럼
그녀의 뱃속 종양
논바닥 지슴 파내듯 도려내었다

몸에 돋은 병은 값비싼 신약뿐인데
약값 아까운
돈 귀신은 당신의 아픈 몸마저 내팽개치네요

병동에서 요양원엘
죽어도 못 가겠다더니
간밤 잠결 어매를 언뜻 만나고선
없던 입맛 다신다

머리맡에 아껴둔 바나나 허겁지겁 먹다가
응급차의 링거 줄에 또 묶여
되돌아온 중환자실

여든의 시간을 다시 심어 키우시겠다며
기어이 유체이탈의 맘먹으신
처형요,
어쩌시려고요,

소사동 권 씨

서너 마지기 농사짓던 권 씨
가난으로 힘든 나날 보내다
대대로 짓던 농사 팔아 치워
소사동 구석진 곳에 구두 공장 차렸다

정성 들여 만든
수제화가 단골들 제법 들이더니
코로나에 문 닫혔다
저녁답에
소사 시장, 전라도 아지매 집 들락이다
어쩌다 눈길 마주치면
반가움이 막걸리 사발 속에 어려
육자배기 흘린다

흥 오른 장단이
아지매 겉절이 손맛에 취해가면
동네 백수들 하나둘 자리 앉으면
어스름한 밤이 눈을 뜨고 내려온다

꿈적거릴 몸 있다는 건

보살피는 가족의 보금자린데
그 몸, 허투루 대하더니
권 씨, 그만 암으로 세상 버린 날

공중의 저 새들도
제 길 잃지 않으려
두 눈 다 감지 않는다는데
오늘도 제 난장으로
왁자지껄 마셔대는
생전의 친구들 사이에 끼어든
저 얼굴은

권 씨 아니든가, 자네,
못다 갚은 외상 생각에
혹, 저승 가다 말고 도로 내려오셨는가,

춘풍이 영감

요모조모 챙겨 넣은
여행 가방 들고
아파트 새벽을
영감 앞세워
할미 서두른다

어둑어둑
저만치 정류장 가다 말고
공중에다 헛발질해대는
시큰둥한 영감더러
기도 안 찬 할멈이 한소리 안긴다

"제 아이 안듯
백팩 안고 섰는
동네 젊은이들 새벽같이 바쁜데
뭐이라고,
낡아 빠진 우릴,
쟁일 기다려 줄 것 같아요!"

바장이는 마을버스 기사님들

심정
헤아리지 못하는
두루춘풍이* 된 영감더러
한 번 더
쯧쯧, 혀를 찬다

언제부턴가
영감은
세상이 가는 길을 가지 않으려 한다

* 두루춘풍이 ; 원칙 없이 좋게 대하는 사람.

골드라인

오래전 김포평야
아버지 짓던 농사일 접고
백팩 멘 젊음들 사이에 끼여
빌딩 숲 골드라인 속을 찾아 떠난다

고개 숙여 끌려가는 포로들처럼
자정까지
서울역까지
돌아다니는 이 젊은이들

종일 땅 파던 곡괭이를
등 짊어진
배낭 속에
지친 몸 접어 넣고
에스컬레이터에 내맡긴다

군침 도는 밥 냄새가
오늘 하루 땀 냄새와 뒤섞여 피어오른다
구름 노래 손잡고
온 데를 헤적이며 내리는

겨울비
따라나서고 싶은 저녁이다

갓데미산*

1.
내 어릴 때 혼자되신
대구 큰잘매**
구찌 비누*** 빨간 입술을
뾰족구두에 실어 와
온 동네 퍼뜨린다

동네 아낙들의
혀 끌끌 차는 눈총 맞고
대문 들어선다
텃밭 병아리 종종종 데리고 다니는 어미닭처럼
세 살 많은 사촌 형을 꼭 잡고 오신다

하루 종일
땡감 나무 아래 놀던
두꺼비와 막내는
바쁜 엄니 걸음만 멀뚱히 따라다닌다

일 년 내내
오늘 밤을 애태우시던 할배가
아버지 올린 향내 타고 바삐 내려
논바닥처럼 터진 할매 손등 덥석 잡으신다
삼베 홑이불 속
제삿밥에 눈먼 손자 놈들
동글 뜬 눈 거덜떠보지 않고
할매 고봉 쌀밥만 탕국에 얼른 말으신다

바람만 불면 쓰러지는
꽃등개 풀처럼
둘안 소작농들도
가을걷이 주인이 왔다 가면
엎어져 일어나지 못한다
엎어진 등 일으켜 토닥여 주시던
할배 침가방을
새빨간 빨갱이 짓으로 몰아
이게 무슨 죽일 짓이라고

수십 년 지난 그 울음
아직도
저 봉산 뻐꾸기 울음처럼 애닲다

2.
가랑비 젖은 초등학교 운동장
돼지국밥 냄새에 서둘다
엎어진 아이들은
억수 장맛비 내리치는 꾸중 흠뻑 맞고
불은 황톳빛 앞 강 따라
더 빨리, 더 멀리 도망질쳤다

오십여 년 지나 찾은
성당 골목
밀양집 막걸리도
세상 바람 나처럼 맞아
너도 시큼한 냄새 풍기는구나

왁자지껄
술 사발 속의 그 많던 별들 중

별똥별 하나가
갓데미산, 할배 속 고함처럼
뿌연 창 너머로
고개 내미는지

* 갓데미(God damn)산 ; 동란 때, 최후의 보루가 된 함안 여항산 전투
  에서 죽어간 미군들이 퍼부은 말.

** 잘매 ; 숙모.

*** 구찌 비누 ; 립스틱.

이사하던 날

급하게 창문 두드려
깨어 보니
키가 장골壯骨이시던
옆집 택이 아버지
숨 넘기셨다는 놀란 소식처럼

버드나무가
창가에서
두런두런
서러운 울음 저리 울어대는지

도시로 떠나던
나를
보듬어 주던 버드나무가
삼단 머리 봉두난발인 채 서 있다

달디단 지하수도 그대로 놓아둔 채
김포 딸 곁으로 올라가야 하니
너와 얽힌 그간의 날들, 난들 어쩔 도리 없구나

내 맘 짠하여
뭐라도
놓아두고 떠나야 할 것 같아

"야야, 덜렁 튼 네 우듬지 속
노란 입 깐치* 새끼들
뒤뚱거릴 돌잔치 때 내려오마"

* 깐치 ; 까치.

시

내 가슴밭에
오래 박혔던
검푸른 시간들

추운 남새밭에서
움츠러들지 않으려는
새끼 마늘 촉들
키워 오듯

너와의 정 그리하려고요

삼동 지나도록
추운 눈물 흘리다
맥진脈盡 한
보리 이파리들
봄바람에 나풀거리듯

너와의 정 그리하였지요
땡볕
탄 논바닥은

생각할 겨를 없이
제 몸 갈라지네요

가뭄
물꼬 속
신기루처럼
찰랑거리는 논물 소리
보일 때까지

멍에 짊어지고
밭고랑 끌고 다녀도
그렁그렁거리다 말고
담아 가는 소처럼

너와의 정, 여기까지 데려왔습니다

뛰놀던
옛 뒷강으로
내 열등의 시간들이
더 빨리 다가옵니다

바람 부는 세상에서
어설프게 키우던
아이들이
우릴 부모 되게 하듯

머리 삐죽 내미는
이 천혜天惠의 내 어린 시들이

더듬거려 키우는
나,
못마땅하면
새초롬 돌아앉는
너,

내 낡아가는 시간
더 가까워지더라도
다독거려
안고 가려고요

배웅

아침부터 내리쬐는 한여름 안고
둘안 꽃등개 소들은
초원의 풀들을 뜯는다

저 남쪽
갓데미산 한 무리 까마귀들이
어제처럼 오늘도
꽉꽉, 기도 소리 내지른다

난리통에 두 손 모둬 드리던
엄니 기도는
집안에 빨갱이로 몰리는 자손만 탄생시켜
엄니 속만 새까맣게 탔는데
집안 살림 고난스러워
부서진 울타리 집 밖을 뿔뿔이 나돌았다는데

성당, 대밭 상엿집 속에 숨었다
귀신 바람 되어 돌아다닌다는
이 바람
교리반까지 따라와

조 수녀님 검은 옷자락 속 와락 떠밀려
겨우 떨쳐 나올 수 있었다

매일 밤
툭 튀어나온 서까래의 휑한 천장이
나를 꽉 짓누르려 내려올 것 같아
잠들 때까지 무서운 기도를 했다

겨울밤엔, 아버지 달아 놓은 곶감이
세상 버린 집안 어르신들
원한 서린 눈들로 주르르 내려
겁 많은 내 눈 곁에 누워
성가시게 나만 빤히 쳐다보신다

아직도 깔끄럽던 삼베 적삼 입은 듯
그분들의 눈길이 내 등짝 달라붙어 뗄 수가 없다

엄니 날 낳으실 때 점지하셨다는
할배의 축복
이루지 못한 집안의 가늠 손자, 나를

놓고 싶지 않은 것일까
매년 두 손 모둬 보내드리는 나의 기도 듣지 않으신다

아직도 배웅해 주지 않는 "할배 할매야,
되지도 못한 손자를 이젠 고마 놓아 주모 안 되겠는교"

파란만장

해거름 속
느린 화물열차를
제비같이 날아오르다
넘어지던 날

기타 연주에 맞춰 추던
트위스트는
세상 제일의 홍인 양
늦은 밤까지
흔들다
흠뻑 젖어 돌아오던 날

날 기다리시던 어머니
꿈속에서 당신을 겨우 찾습니다
당산 기슭 살던 숫야시*가
제멋에 우쭐우쭐
밤새워 누비던 날들이
쉴 수 없는 꿈으로 다가옵니다

* 야시 ; 여우.

제3부

궤도 이탈에 대하여

센 바람 맞서던 네 날갯짓 포기하고
빈 몸의 이탈자 되어
땅으로 떨어진
하얀 팝콘꽃을 쫑쫑쫑 쫓는구나
팝콘처럼 더 하얗게 터진
벚꽃 내려앉는 비둘기

하늘에서의 일상을
땅에서 찾아 헤매다
날던 땅 위의 유혹을
아스팔트 팝콘꽃 쫓으며 생각해 보지만
공중에서 청잣빛을 매단 별똥별 하나가
순간, 서편을 바삐 내달린다

너처럼 내린
땅바닥의
가득 찬 환상을 좇아서

춤

요즘 들어
마신 탁배기만큼 먹은 나이가
아직도 깊은 생각의 늪을 허우적거린다

지린내 풍기던
청파동, 만리동 골목
서울역 광장으로
사람들이 모여든다
밤이 낮보다 환히 밝아진다
손자 정우의 로망인 스파이더맨처럼
너와의 화난 세상을
토닥토닥 달래 줄
그날이 언제인데
아직도
상해 있는 맘 더 슬퍼진다

당살미 정월 대보름날
경로당 앞 버꾸 마당을
닿을 듯 일으켜 세워 주시던

샛터 어른

버꾸야, 소리치며 추던
그 춤을
이젠 출 수 없을까

꽃상여

스님이 때리는 죽비보다
졸음
깔끔하게 다잡아 주던
새벽
시곗바늘 바쁘게
동구 밖 산등성이로
예쁜 상여 타고 옵니다

꽃피우지 못한
자갈 튀는 길가에서
피멍꽃만
짙붉게 서러웠습니다

산들바람 좋아하던 새끼들
언자사* 놓았고
이젠 잠 묵상 드시려고요

자갈길이 부르던 손짓에

들꽃으로 피어나던
엄니,
해 저녁 마른 밥상으로
귀한 자식들이 다 둘러앉았네요

육십 평생
당신 가슴 너른 밭뙈기로
키우시더니
이젠,
정녕,
아무도 붙잡을 수 없는
수십 길 골짝꽃 피워
가만히 올라가시려고요

* 언자사 ; 지금에야.

잔업 배 언제 오려나

"버드나무 우듬지 속
노랗던 새끼들 눈이 제법 자라
방바닥 딛고 일어선다
뒤뚱거릴 돌잔치 그때쯤 보려 오마," 말 건네고
가파르게 오르내리던 산동네 언덕에게도 고마움 전한다

게으름이 부지런한 척
네 노동을 일으켜
어깨며 두 다리 불끈 잡아끌더니
요즘 들어, 느린 노을 반갑게 붙들고
서로 노닥이다
발개진 맘 부스스 저녁을 든다

언제부터 네 노동이 나를 놓아 버리자
담담하던 마누라도 갸우뚱
남편의 소외된 노동을 쳐다본다

엎어진 노동을 무시로 버려두면
영영, 일어나지 못할 것 같아
엎어지기 전

생판 안면 없는 동네 이사를 왔다
정들었던 이웃의 새벽조차 알리지 않고
여기 낯선 동네
군데군데 가파른 절벽이 식구들을 매단다
땀 흠뻑
낭떠러지 매달리던 아내
그나마 운이 좋았다

내 살던 집
군소리 없이 들앉는 새 주인
두 팔 덥석
낭떠러지 식구들을 잡아 주었다

남새밭 언덕
언제 다 큰 버드나무
내 마음 모른 채
막 오른 촉들 쫑긋쫑긋 좋아라
용천을 뜬다
수십 년 박혀온
돌부리들 하나둘

아프게 뽑아 만든
남새밭으로

내년 초삼월
식구들 다 떠난 다구리 언덕 바람이
입 벌리는 샛노란 촉들
덩그러니 데려와
오만가지 들앉는
청자빛 하늘 창고
헤집어
바쁜 숨 오르내리겠지

같이 살던 세 칸 방이
산모롱 구석
컨테이너 하우스로 팔려 왔다

저절로 피어올라
다구리를 뿌려주던
그 별꽃 안 보인다
정초 아침 복술飮福의 바람을 간직해 온

내 맘 기특하든가
산등성 언저리 놓고 간
한 무더기 산수국 이파리들 파릇파릇 생풍맞게 반갑다
버들가지마다 은빛 꿰찬 버들피리처럼 파드닥거리더니
금방 툭 터질 듯한 꽃망울들이
팔월 저물녘 서두르는 시커먼 비바람에 도로 쏙 다문다

일찌감치 마당 한 켠 동솥* 걸어
아이들 꽁보리밥 토닥이는 해 저녁이
언제 넘어가
내일이 기다리는 네 노동의 잔업 배를
밀물처럼 업고 오시면
제일 갈 네 노동이 먼저 나가 맞으리

누구보다 일찍 드는 오늘 밤이 정녕 이 집안의 가장이다

* 동솥 ; 옹달솥.

짱뚱네 이야기

천둥 번개처럼 갈라지는
저 아래 언 강 소리
눈발 서성대는 뒷간까지 올라온다

푹푹 눈은 쌓이고
솔가지 부러지는 소리
뒷산 무너지는 소리
지금도 들린다

요맘때면
짱뚱네 마을 초삼월은
제 몸뚱어리 포르르 풀고 나와
파르스름 돋는 개펄 함께
온 동네 생기生氣를 피워 올리지

작년
갯벌 고랑 쏘다니던
헛간 기댄 널배가
푸른 냄새 맡으려
겨우내 찌뿌둥한 정강이 우두둑 일으킨다

늦잠 배기 옆집 놉게는
한동안 낯선 제 얼굴 메메* 씻겨
갯벌 채비 서두른다

올해도 작년처럼
갯골 드는 배보다
나는 배
올 초에도 지켜보던 짱뚱네
오늘 맘 단단히 먹는다

도꼬마리처럼 달라붙는
새끼들 둘러업고
숨죽이며 기다리는
그 너머 는개 아줌마를 뒤따른다

노동이 밤낮으로 흐르는
검단 공사장
등짝 땀내와 어깨 골짝 무거운 비명들이

짱뚱네 갯벌 내와 뒤엉켜
새벽 물때 들쳐오듯
생뚱맞은 아침이 밀쳐 온다

* 메메 ; 구석구석.

띠포리

삼동三冬 추위
제 집 들어가신 지 언젠데
따라나서지 않고
담부랑* 뒤 숨어 있던
저 꽃바람
기어이 엄니 가슴에 고뿔 안겼네요

엄니, 조금만요,
너른 태평양 파랑 함께
거침없이 헤집고 다니던
은빛깔 밴댕이가
제철 만났다며

지금 막
함안 오일장터 거리서
파드닥 팔닥
저 난리 피우고 있답니다

퐁당, 퐁당, 퐁당,
펄펄 끓는 냄비 속에서
솟고라지며 펑퍼지다
흠뻑 젖은
저들 땀내 우려내네요

겨우내 덮고 자던
남새밭 꺼부지기** 속을
삼짇날
새파랗게 파헤쳐 올라
우럭우럭 커 가는 마늘 촉들처럼

띠포리가 우려낸
따땃한 김칫국 한 사발에
생기生氣 찾으신
엄니 발걸음

남새밭 나비
사뿐거리듯 그리 가볍네요

* 담부랑 ; 담벼락.
** 꺼부지기 ; 검버저기.

오월

조금조금 온 초삼월의
눈곱볕 숨어 버린
해 저녁으로
느린 경전선을 따라붙던
붉은 제비도
멋지게 돌아온다

들판을 헤적이던
급하던 바람이
끌어모은 산들의 삭정이를
온기 잃은 아궁이가 다비식 치러 준다

재로 남은 시간을
굴뚝의 온기가
오순도순 사람을 위해 보듬으면
방구석 외톨이 항아리도
덩달아
차분히 제 자리 지키고 앉았다
낮과 밤으로
샛노란 촉들은 용사처럼 머리 디밀어 댄다

초삼월 쌀쌀맞은 바람은
그게 뭔 대수라고
우듬지 속 배내옷을 건네준다
단장한 장다리 머리맡에 내려앉을
오월은
아직, 오지 않았나요

낡아 가는 시간에 대하여

해맑던 나의 시절이 침침해져 보이지 않는다

이월의 땅 솟아올라
꽃바람 튼 얼굴 파묻고 꿈틀댄다
언제 성큼 자랐는지
한 무리 아이들이
꺼뭇꺼뭇 코밑까지 솜털 밀어 올린다

만난 사람에게 내뱉던 말, 까마득히 흘려보내곤
그 말들 거름인 양, 소쿠리 퍼담아
풀밭에 흩뿌리며 돌아왔다

억수 년
산기슭 파랑들처럼
한겨울, 이른 청보리밭이
꽃바람 좋아라
얼굴 빠끔 내밀다
빨갛게 영글어 가던 봉오리 쏙 다물어 버린다
내뱉은, 옛적 내 말들이 이리 아려온다

논바닥 지슴들 뻘뻘 뽑아내도
다시 돋는 잡풀처럼
목덜미에 새겨진 주름골 속까지 들어서라도
가슴에 박힌 못 뽑아 보려
잃었던 내 순한 맘, 그 길을 찾아가야 한다

울타리 가로질러
숨어 다니다
내 낡아가는 시간을 맞닥뜨린다
조등 태우는 냄새가 스며든다
어디론가 떠난 내 순한 맘들이 초조하다

물보다 순하던 마음을 낡은 등에 짊어지고
먼 길 찾아온,
내 열등의 시간을 맞닥뜨려 봐야겠다

택아, 니 와 전화도 없고, 전화까지 안 받는데

오뉴월 무논 비켜
까놓은
자운영 풀씨 꽃덤불 속
노고지리 종달이 알 훔치려 헤매다
꼴망태 잃어버린
택이와 나는
죽을 때까지
얼배미* 하자며 새끼손가락 걸었다

시커먼 석탄 내와 엉켜
통학하던 또래 친구들과
함께 못하고
제 몸에 시퍼런 멍꽃 피우던
택이
마산 한일 합성
베 짜는 베테랑 기술자 되었다

매구 치는 대보름날

훤해진 얼굴 내보이더만
그해 가을
고등학교 마친
법수 이물이 처녀와 결혼했다

그 후 십여 년 지난
아름이 자박자박 걸음마 뗄 즈음
내 사는, 부천 소사 장터거리에서 보곤
내 얼배미 택이 보지 못했다

우린 간간이 안부 전화를 했다

여식女息은
미국서 박사 따, 그기 살고 있다 하고
아들은
베 짜는 손재주 내림받아
차 공장 기술자 되어
다들 따습게 산다며
너스레를 이리 부린다

영 못 볼 것 같은 택이와의 세월

어느 해
작은 추석날
당살미** 둘 끈 티
맹자 누야 조막만 한 점방에서
봉산 해거름 내린 줄도 모른 채
술도가지 퍼날랐다

언제부터
만정 떨어진다며 쫓겨나와
혼자 산 지 오래라 한다
봉급날은
하루도 거르지 않고
밑반찬 이고 오는 제 아내
오감五感 타 여겨야 할 텐데
큰소리치며 봉급 봉투 건네준단다

또래 친구들 공부할 때
택이는 베 짜는 신기술(요꼬) 배워
제법 벌었다는 그 돈, 어데 다 꿍쳐 놓았곤
늘그막에
너스레를 또 부린다
그 위풍당당 노조 위원장 찼다며.

봄의 용사들이여

땅굴 속에서 철저하게 준비한 전쟁을
2월 말 D-데이 자정 지나, 초삼월
먼동 트자마자
등성이 웅크려 있던 용사들이
동장군의 후퇴를 포착하곤
일제히 기습 공격하며 오르기 시작했다

버티던 동장군들은 도리 없이 눈바람 퍼붓는
시베리아로 절뚝거려 도망친다
그들의 마지막 보루, 꽃바람 등성마저도
용사들은, 희망의 노란 깃발 다 꽂아 승리를 자축한다

그날 이후, 변하지 말자는 사랑을 약속하며
모여든 산수유 마을 사람들은
혹, 어디 숨었을 동장군들 해코지를 조심스레 두리번댄다
작년 진달래 마을이 겪은 그 이별 잊으려는 듯
그새, 분홍빛 얼굴 환하게 바장인다
옆 동네 목련 마을 사람들은 올해도 여전히
흰 두루마기 고름 저며 하얗디하얀 고귀한 맘 내민다

여기 장릉산 공동 무덤가에 피는 무서움 달래 주려
밝은 맘 회양목 마을도
숨었던 작은 얼굴 오밀조밀 내밀면
저 너머 등성이, 산벚 동네 잔치통이 울려 퍼진다
실시간에 퍼붓는 소낙비에 혼비백산 흰 꽃비 어쩔 줄 모
른다

고운 성정의 민들레 마을 사람들
저들 얼굴, 해 나라 어디든 다 내밀어
홀씨 폴폴 보듬기도 벅찬
가늘한 모가지를 가누느라 힘겹다

수선화 마을 사람들은
옆 동네, 겸손한 제비꽃 마을 사람들과 오종종 모여 앉아
들뜬 해 나라를 새벽까지 고민하다
어디선가 새소리와 나비 춤에 단아한 그들 맘 도리 없어
나시랭이 노랑꽃 무더기와 휩쓸려 어깨춤을 나풀나풀한다

북성포구

몇 날이 지난 지 모르게
어깨며 팔다리 힘 다 빠진 후에야
배 한가득 고기 싣고 돌아온다

눈에 익던 포구가 어둡게 파묻혀 어찌 수상하다
포구 초입의 모랫길마저 흔적 없이 사라졌다
야릇한 숲들이 골목마다 단단하게 자라고 있다
바람이 언덕을 부숴 버리려
흔들어 대지만
포구는 무너지지 않는다

검푸른 바다 위
어부들은 밤과 낮을
서두르지 않는다는
전해 오는 전설이
바람 타고 들려온다

몸에 밴 비린내를
잃어가는
어제의 일상을

오늘도
검푸른 바다 헤적이며
먼 데로 나간다

나간 배들
하나, 둘,
여태 돌아오지 않는다

사월의 당신 제삿날에

〈 사순절* 〉

한입 가득
꼬신 도다리는
뼈째로 씹힌다

파 뒤빈 남새밭
굼벵이는
하얗게 토막 나
꿈틀거린다

사월 어느 날
속으로 감춘 기도
아래로 아래로
고개 떨구는
두 시와 세 시 사이

구석진 성당에서

무릎 꿇어
입으로만 드리는
기도 소리들
울 밖까지 울려 퍼지지 않는다

* 사순절 ; 부활 대축일을 맞이하기 전, 사십 일 동안 예수의 고난스
  러운 기간.

장마

〈 마당 〉

잠결 빗소리 가늘더니
아침엔 더 굵어진다

땡볕 젖은 마당도 반갑다
간밤, 쑥대 태운 독한 모캣불을
독하게 달라붙던 모기떼들
서녘 별 사라지듯
수챗구멍으로 꾸룩꾸룩 떠내린다

장마에
하릴없던 아버지는
안동댁 술독 곁에서
한나절로 거나해지시다
작은방 몽침*이 안고
고이 쉬는 졸음 깰까
물색없는 빗소리는 자꾸만 굵어진다

〈 보리타작 〉

힘센 도리깨가 아프게 내리치는
유월 늦타작 마당
도망친 보리 알갱이들
땡감 나뭇잎 덮어쓰고
좋아라고 소소닥 대다
소문 없는 소나기 맞고
이리저리 뜀박질한다

장독간 봉선화 꽃물 들일
작은고모
비 맞아 축 처진 꽃잎들을
애처로이 쳐다본다

〈 청마루 〉

조일천 다리 밑
황톳빛 앞 강물이

미친 듯 희번덕거리더니
엄니, 애쓴 남새밭을 다 파먹는다
할매, 분憤 참지 못하시다
긴 담뱃대 뻐끔뻐끔
애먼 청마루를 내리친다

남새밭 언덕 믿고 버티던 큰 버드나무도
제 몸 반쯤 잠겨 가불거리자
우듬지 속, 몰래 까 놓은 알들

클 대로 커
뻐꾹뻐꾹, 울음 날개 편다
한 번도 얼씬 않던
제 어미 찾아
저 건너 봉산 골짝 찾아든다

흙담 아래
들락이던 개미 식구들은
난데없이 물든
제 집 세간살이들을

미처 다 못 챙기고
새터 찾아 떠나는 유랑민이다

〈 쇠마구간 〉

꽂등개 그늘 찾던
배불뚝이 순둥이도
장마 진 후
하릴없이 되새김질만 한다

장마에 축축해진 쇠마구간
종일 넙적 엎드려
건네줄 말 그 무엇이길래
저 그렁한 눈 껌벅이다
청마루 뒹구는 내 눈 속에 들어와
소소닥 소소닥 눈빛 주고받는다

* 몽침 ; 목침.

제4부

작은 추석

아직도 살아 있을
당살미堂山尾 우리 동네 찾으려
하루 종일 암소 따라다니던
나는
경부선 열차를 어렵게 오른다

쇠똥 내 자욱하던
안동네 골목
오늘은 말끔히 쫓아낸
소풀* 지짐 내가
어스름 함께 붉게 피어오른다

밤늦도록 달려온
귀성길
엄니가 담은 막걸리로
목 축이는 다섯 형제들

엄니

먼저 간 막내
애끓는 맘이
보글보글
탕국으로 끓고 있다

* 소풀 ; 부추.

남새밭 풍경

작년 흉년에
등짝 움츠리고
눈코 뜰 새 없던
이월바람이 다시 불어온다

올해도 흐드러지는 장다리꽃길
기다리는 어머니 남새밭

연분홍 능금꽃 분 내에
밤꽃 열정 밤마다 쏟듯
각시도
내 남새밭에 해종일 엎어진다

갈바람 바스락대는
남새밭엔
시든 배춧잎
마른 고춧대들의
그르렁거리는 숨소리

백일홍 배롱이야,

너마저도 눈물 흘리며
떠나가는구나

손짓하며 떠나야 하는
저 들판의
서러움도
북데기 타는 실연기 함께
두 손 모둬 떠나보낸다

흉터

〈 밥 〉

늦봄 허기진 저녁
대청마루 밥상머리
여섯 사내아이들

전쟁 치르듯
숟가락들이
허겁지겁 보리밥상에 새까마니 달라붙는다

막내의 투정이
내리치는
할매 긴 담뱃대 소리에
대문간 웅크려 앉으면
두레상 머리 전쟁은 이렇게 종종 끝나곤 했다

〈 고모 〉

오후 내내 달구어진 놀이

봉산峰山 밑으로 기어들 즈음
어린 가시내, 내 나이 닮았을까
대문간에 기대서서
바쁜 큰고모 눈 속만 따라다닌다

"밥 좀 주이소 예,"
이 말 한마디
가시내, 그리 부끄러웠을까

둘안 소작 농민들과
함께 묻힌 우리 할배
어둑한 저 갓데미산 속
답답하던 속울음 우신다

우리 할배
글공부 못 시킨 큰고모를
쓰담어 주시려나
구리분* 바르고

마실간 고운 얼굴 작은고모를
안아 주시려나
대문간 기대 쪼그려 앉은
막내 손자 투정도 토닥거려 주실는지요

〈 고양이 〉

삼십여 년 만에 찾아온
낡은 집 마루 밑 고양이가
나를
내다보고 있다

* 구리분 ; 크림.

방목 장터거리

엄니, 오일장터 모퉁이에
하얀 머리 쪽파들로 전壢을 펼친다
이른 햇살들이
언제 내려와 쪽파들 함께 반짝거린다
단골 아지매들
쪼르르 참새 떼처럼 몰려 앉아
쪽파단 들었다 놓았다 애를 태운다

건널목 폿대거리 굴다리 아래에선
고래 고기 굽는 냄새가
구룡포 제 집 앞까지 퍼져 간다

아버지, 탁배기 잔 주르르 따를 때
서녘 봉산 노을이 진다

어둑어둑 장꾼들의 파장이
팔다 만 쪽파단이며
진동 바다 갈치며
함안천 잉어 붕어 새끼들
주섬주섬 담는다

새북 어둑어둑
석탄 내 풍기며 태워 간 통학 열차도
저무는 역驛전에다
허기진 동생들을 내려놓는다

철로 너머
몽달귀신 우글대는 산골 집에선
띠포리 김칫국 한 그릇씩 들고 앉았는가

어슬렁대던 개들도 제집 찾아드는
해거름 파장 때면
조일천 다리 건너
의령집 홍등 아래 비틀대는 장꾼들
내일 설 읍내장에 마음만 바빠진다

* 방목放牧 ; 함안은 분지라 옛적엔 소 말을 많이 길러 방목이라 칭하
  기도 하였음.

공단 가는 길

어제는 동료 구 씨 집게손가락
오늘은 내 엄지손가락
내일은
동료, 김 씨 최 씨 손가락들이
프레스 기계를 끌고 갈 것이다

중동의 모래바람에
칼칼해진 목과
바싹 마른 입술을 하얗게 깨물던
친구 광식이
죽어서 돌아온 1980년대

다시 또 시화공단
잃은 것, 얻은 것이 우리에게 있었던가

낯선 이름의 프란체스꼬
철야 노동하고 있는 오밤중
여기, 너도 있었던가

독백

오늘 새벽
어머니 부고장 받고
삼십 년 떠나온 고향으로 간다

부스스 일어나
서울발 아침 여덟 시
완행열차 타고 함안咸安으로 간다

굽은 구십 등 어머니
낫살 먹은 자식도 당신 자식 아인교,

검암천 은하수 내리는 뒤 강에서
떼 지어 다니던 필쟁이* 새끼들처럼
싸매였던 그 강보, 풀어헤쳐
이제야 돌려드립니다

독백

* 필쟁이 ; 피라미.

둘안 꽃등개* 2

〈 둘안 〉

가매봉 골짝 소낙구름이 꽉 묻어와
한나절 땡볕 뜯던 순둥이 등을 후드득, 때려 붓는다
다 젖은 베적삼이 찰싹 달라붙어
다 보이는 제 맨살 아듬고, 아이는
안동네 골목길
쇠 요롱 울리며 신나게 몰아든다

탕탕탕, 전쟁터 총소리처럼
낡아가는 내 둘안田
이젠 제 맘대로 끌고 다니다
막 돌아온 경운기가
영 돌아오지 않을 것 같은
주인, 쇠마구간을 턱하니 차지하고 들앉았다
아직도 쇠똥 냄새가 아이 코 벌렁거리게 한다

오늘 저녁도 두레상 비린 갈칫국 사발

후다닥, 게 눈 감추듯 물리니
순식간에 내려온 어두둑 밤이
아버지와 일꾼들의 굽은 등 기대어 잠시 눈 붙인다
다들 잠든 요때에도
안 쉬고 자라 나온 논바닥 지슴이
세벌논 맬 일꾼들을 새벽같이 일으킨다
눈 뜬 새벽도 모르게 집 나간 제 어미
뻐꾸기 울음 울며 봉산골 찾아가는 새끼들처럼
희부연 통학 열차 칸칸을 쏟아붓는
졸음

정오 알리는 오포午砲 소리
지난 지가 언젠데
논두렁 고픈 배가 논바닥에 엎어질 즈음
이제야 밥 소쿠리 이고 온다
나풀나풀, 하얀 나비 한 마리가 끝까지 따라와
일꾼들과 밥 한술 뜨는데
희디흰 쌀밥이 나도 먹고 싶다고
밀밭 고랑 뜸부기도 쪼르르 머리 디민다
해 뜨자, 하늘 끝 간 데 오르락내리락

노래만 부르던 노고지리 종달아,
너도 편하게 내려와 같이 한술 뜨려무나

〈 겨울새 〉

저 갓데미산** 청잣빛 높은 바람이
선 머스마 건들거리듯 내려와
너른 둘안 휩쓸고 지나면
금방 시월 외풍 쌀쌀히 찾아와
텅 빈 둘안 북데기 태워 올린다

대문간, 사랑방 봉창으로
농부들 고마운 맘 태우는 연기 따라
겨울새들아,
먼 고향 떠나려 채비 서두르는구나
살얼음 하늘 강 총총총 건너려

날갯짓이 여느 해거름 보다 부산하구나

육이오 동란의 원혼들이 아직도 헤매는
저 갓데미산 울음
누가 안아 주려나,
검암천 은하수도 조근조근 보듬어
삼각지 둘옹시***를 돌아들 즈음에선
낙동 울음 강이 갓데미산 울음
함께 들려 온다

아라가야, 다 큰 아이들아,
애매한 죽음 묻힌 저 갓데미산, 우리 할매 할배들
뵈옵지도 못한 채, 지나간 세월이구나

* 둘안 꽃등개 ; 일제 때 넘치던 함안 천을 둑을 쌓아 막은 둑 안(둘안)
  으로 온갖 꽃들 피어나는 곳.
** 갓데미산(God damn Mt.) ; 육이오 전투로 많은 미군이 죽어나간 함
  안 여항산을 미군들이 원망하여 내뱉은 말.
*** 둘옹시 ; 둑이 돌아드는 곳.

응답하라, 보트피플

여름 땡볕
그늘진 입봉지 빠져 죽은
안동네 용화야
엄니
그 소름 돋던
울음소리처럼

지중해 몰타 앞바다
파랑 위에서
있는 힘 다해
건너오는 아프리카 사람들이
TV 화면 속에서 발버둥친다
소파 기대앉은 나는 그만 화면을 껐다

태어나
살 권리 얻었다 말할 수 있는 자

명줄 잡고 건너온
여기는 남의 땅

소사동 랜드피플*
프란체스코 기도가
성당 골목 헤집는다
뭍으로 닿지 못한
몰타** 바다의 보트피플처럼

하느님,
저 보트 타고
탈출한 난민들보다
당신 사랑 우연히 더 받은
텔레비전 앞에서
성호만 그어 대고 있을 뿐입니다

* 랜드피플(Land People) ; 베트남 등지에서 중국 등으로 탈출하는 난민
  들.
** 이탈리아 몰타 ; 아프리카 난민들이 배를 타고 (Boat People) 자주 찾
  아드는 곳.

파도

<천안함>

뻘 내음 흠뻑 뒤집어쓰고서라도
살아 돌아와
어머니,
당신의 가슴팍을 울먹일 때
그 아픔 너무 쓰라려
놀란 반가움에 또 쓰러질라요

비 맞으면 흘러내릴 남새밭 언덕의
뿌리 내린 저 잡초인들
비바람에 엎어질 듯 맞서고 있을까요,
퍼런 바다의 저 파랑인들
하얀 피 흘리며, 제 몸
여기까지 올랐을까요,

뒤집어쓴 비바람의 풀들도
범벅된 파랑의 하얀 피도
보듬고 죄여 온 맘 사이에서
어제였던 오늘이 이리 피어나지 않습디까

골개 칠갑된 성스러움이
속되게 밀쳐져
솟아 오른
억장 무너져 내린 지금의 두려움을
어머니, 어찌 쏟아지는 눈물로
어루만질 수 있었겠습디까
늘, 곁의 하느님께 퍼부어야 할 이 원망도
엎어지기 전
다독다독 보듬아 주었기에 망정이지요

어머니, 당신은 늘 그리 살아오지 않았습니까

S.O.S

아프리카 너른 황무지로 떨어트리는
구호품을
우르르
손과 발 까마니 쳐들며 달려간다
까르르 웃는 아이들
얼굴,
내일 걱정이 없다

숨

된장 섞인 김칫국 냄새 맡기 싫다며
막내는
막무가내 대듭니다

작은방 뚫린 문구멍으로
피붙이 우리들이 보였습니다

없이 살아왔어도
저 보리밭 새파랗게 키워온
논바닥에 수박이며 참외 등속을
허연 비닐하우스 속에 잔뜩 키웠습니다

자갈밭을 논바닥 되도록 일군
아버지의 아버지
유구히 숨 쉬며 살아왔는데

샘솟듯 솟는 눈물
꾹꾹 눌러
마알게 헹궈 마셨습니다

내동댁

어머이 애腸 하나가
다섯 자식 평생 키워내시다
그 애 다 타버려, 이 세상이 내팽개치기 전
동네 부의금 꼬깃꼬깃 모아
자식 손에 쥐여주고 저승길 떠나신다

자식들, 부의금에 정신 잃어
엄니 잔소리 다시는 안 들리니
안팎 문간 문상들만 바쁘다

다섯 핏덩이들이
마치 캥거루 배에 착 달라붙던
육아낭 속을
걸음마 깡충거려 탈출해
그리 커 왔는데

혼자 잘나, 지 각시들 만나
독립 노래 외쳐 떠나갈 때
윤기 자르르 흐르던
당신의 속도 이젠 헐어

쏟아내는 누더기 애, 붙들어 드릴 수 없어
자식들은 멀뚱거리기만 한다

어머이 안 계시는 형제들은
집안 헤집는 소리 껌뻑껌뻑 비상이다
형제들 우애가 간혹 싸울 때마다
기도 같은 저 노래 불러 모우시더니
이젠 들을 수 없다

"나비야 나비야
먼 데 가면 죽는다, 붙은 자리 붙어라이."

콩대 터는 늦가을

늦은 나이에
스님 되려 떠난다던
그 친구

우리 집 술 익는 냄새
매구같이 알아차리곤
여기 중산 골짝까지
흘러온다며
한달음에 져다 놓고 간
담벼락 콩대가
취한 가을볕 안고 졸고 있다

술상 마주하다 늘씬하게 늘어진
평상에
콩대 추슬러 앉히자
언제
쪼르르 다가온 마른 볕들이
소소닥 소소닥
할미 오지랖에 여시처럼 엎어진다

성가시던 가을볕들
잘 참아 낸
저 콩 알갱이들 손톱 밑을
독 오른 털 깍지가 또 찔러대니
참을 수 없는
노란 얼굴들이
토드득, 또르르, 말갛게 내민다

늦가을이 보내주신
콩 알갱이들이
손자의 저녁 밥그릇 속에서
옹기종기
또 한 번 피어난다

우리들 본향으로 가고 있으니

김재홍(시인·문학평론가)

　　우리나라 겨울철 기온을 삼한사온(三寒四溫)이라고 합니
다. 정말 그렇습니다. 정확히 3일 춥고 4일 따뜻한 것은 아
니지만, 매서운 추위와 초봄 같은 온기가 번갈아듭니다. 윤
혁재 시인의 삶과 내면 풍경이 오롯한 그의 시편을 읽는 동
안 제게도 손발과 귓불을 에는 한기가 왔는가 하면, 마음까
지 녹이는 서정의 윤기가 오고는 했습니다. 어쩌면 이처럼
갈마드는 게 시인의 삶이라는 듯 그의 작품은 서정 속에 서
사가 깃들고, 회한 속에 슬픔과 기쁨이 서리는 미묘한 시적
변주를 매우 다양한 양상으로 포함하고 있었습니다.
　　인생을 연극으로 비유하고, 사람을 배우에 빗대는 일이
많습니다. 연극에는 만남이 있고 이별이 있습니다. 슬픔이
있고 기쁨이 있습니다. 격렬한 싸움이 있고 감미로운 사랑
이 있습니다. 그러므로 우리의 삶은 연극입니다. 또한 삶을
잠깐 지나가는 여행에 견주는 이들도 많습니다. 이천여 년

전 바오로 사도는 우리를 "이 세상에서 이방인이며 나그네일 따름이라고 고백하였습니다."(히브리서 11,13) 이곳은 신산고초의 땅, 우리의 본향(本鄕)은 '여기'가 아니라 '저기'에 있다는 생각이겠습니다.

그렇습니다. 그것은 염세주의나 패배주의가 아닙니다. 백석(1912~1996)은 "산골로 가는 것은 세상한테 지는 것이 아니"라며 "세상 같은 건 더러워서 버리는 것"(「나와 나타샤와 흰 당나귀」)이라 했습니다만, '이곳'이 아니라 '저곳'을 지향한다고 하여 우리가 난 이 세계를 저주한다거나 실패가 두려워 협극지로 도망치려는 심사는 결코 아닙니다. 그것은 불완전한 우리 존재에 대한 겸허한 고백이자 그렇기에 오히려 진실한 생의 의지일 것입니다.

윤혁재의 시가 품고 있는 '갈마듦의 정서'가 도저한 삶의 무게를 견디는 생명의 에너지라면, '본향에 대한 귀소의식'은 우리 모두의 보편적 심성이라 하겠습니다. 그러므로 그의 시를 통해 우리는 '우리'를 볼 수 있는 것입니다. 인간 존재의 의미를 묻고 답하면서 그가 펼쳐 놓은 시편을 통해 우리는 '우리'를 찾는 여정을 시작해 볼 일입니다.

저, 도란거리는

여기 한 마리 벌(혹은 나비)이 있습니다. 무더위에도 날개를 파닥이며 꽃잎 속을 헤집던 벌입니다. 호박벌은 초당

250여 번의 날갯짓을 한다고 합니다. 벌은 벌을 위하여 살아 있는 동안 쉬지 않고 꽃을 향하여 비행을 합니다. 그러다 그만 어느 순간 날개를 접고 지상에 내려앉습니다. 살아서 하늘을 날던 벌은 죽어서야 땅에 떨어집니다. 그리고는 진짜 비행을 시작합니다. "저 어스름 함께" 본향을 향하여 날아오릅니다.

더운 대낮들을
보듬어 헤집던
꽃잎 속
마른 두 날개를
가만히 덮는다

포개진 숱한 날개들
떨어진
무덤 앞
얼싸안아 쓰다듬던
꽃잎들의
손자국 속엔
비상의 눈물 고여 있다

새벽까지 떠나지 못한
여기를
저 어스름 함께

우리들 본향으로 가고 있으니

서러운

눈물로

솟는 화 달래시며

그냥, 가시는 그 길 편하게 가시길

– 「부탁 하나」 전문

보이십니까. 「부탁 하나」에서 벌은 이미 죽었습니다. 죽어 내려앉은 곳은 공교롭게도 무덤 앞입니다. 그러므로 "꽃잎들의/ 손자국 속엔/ 비상의 눈물이 고여 있"습니다. 그 눈물에도 벌은 무슨 미련이 남았는지 새벽까지 떠나지 못했습니다. 그리하여 시인은 "서러운/ 눈물로/ 솟는 화 달래시며" 부디 "그 길" 편하게 가시라고 말합니다. 그것이 단 하나의 "부탁"입니다.

이 시가 주는 놀라운 포인트는 벌이 날개를 접은 곳이 무덤이라는 점입니다. 곧 사람의 유택(幽宅)입니다. 나중에 죽은 벌이 따로 있고, 먼저 죽은 사람이 누워 있는 곳으로 읽어서는 안 되겠습니다. 제1연부터 벌은 사람의 모습이었습니다. 삶은 그런 것입니다. 인간은 누구든 날 줄 모르고 나서 죽을 때까지 벌처럼 날갯짓 하며 살아가는 존재입니다. 완벽한 은유가 구사되었습니다. 벌이든 사람이든 죽는 날을 모른 채 한 생을 파닥거리다 마침내 날개를 접는 순간을 맞이하기에 슬픈 것입니다.

그러나 둘이 가는 곳은 같습니다. 생명체들은 모두 너나 없는 피조물로 태어나 떠돌이의 삶을 살다 마침내 본향으로 돌아가는 것입니다. 그러니 슬픔도 기쁨도 분노 회한도 다 내려놓고 "그 길" 편하게 가시라고 말할 수 있는 것입니다. 깊이를 알 수 없는 생의 비애가 이 작품에 스며들어 있습니다.

〈 쫓겨난 저녁 〉

일요일 오후
장 좀 봐 오라길래
기다렸다는 듯
후다닥 달려 나간다

소사 시장 구석진 아지매 집
바가지로 퍼 담아내는
전라도 토종 술이 있어
기다리는 이 없어도 복작거린다

저 둘안 논밭 지슴들을
끝없이 엎드려도
굽어진 허리만 펴는
농부의 소출所出처럼
장 보러 간

남편의 취한 소문만
온 동네 휘젓는다

아름이와 도란거릴
일요일 저녁을
넘나들지 못하게
아내는
울타리 쳤다

〈 나지막한 집 〉

시장 언덕
비스듬히 걸터앉은
해거름이
적막하게 소란 피운다

기다리던 할미는
고봉으로 싣고 온
할배의 무거운 하루를
쟁여 놓느라
입김 가득 품어내는
일요일
애썼다고,

탈 없이 영감님 잘 모셔왔다고,

할미는

고생한 바퀴들을 어루만진다

칠월 해거름이

제 집 내리다 말고

저 도란거리는

나지막한 지붕을 토닥인다

– 「일요일이 만난 사람들」 전문

　이번에는 죽은 이의 무덤이 아니라 산 사람들의 공간입니다. 작품은 "울타리"가 쳐진 집과 "도란거리는" 지붕이라는 두 가지 에피소드로 구성되어 있습니다. 시간적 배경은 '일요일'입니다. 하느님도 "하늘과 땅과 그 안의 모든 것"(창세 2,1)을 이렛날에 다 이루시고 쉬신 날입니다. 그러므로 대비되는 두 이야기는 '도란거리는 삶'을 희망하는 시인의 작의를 시사합니다.

　〈쫓겨난 저녁〉에는 봐 오라는 장은 보지 않고 소사 시장 구석진 아지매 집에서 거나한 '술 시간'을 보내는 남편이 나옵니다. 마침내 아내는 취한 남편이 "넘나들지 못하게" 울타리를 치고 말았습니다. 〈나지막한 집〉에는 "할배의 무거운 하루를" 위무하며 "고생한 바퀴들을 어루만"지는 할미가 나옵니다. 그러니 해거름 햇살마저 도란거립니다. "나지막한 지붕을 토닥"이면서 말입니다.

그런데 〈쫓겨난 저녁〉의 아내도 남편도 분노의 쟁투를 벌이는 것이 아니라 오히려 즐거운 다툼을 벌이는 것으로 보입니다. '아름이'를 둔 젊은 부부의 사랑싸움 말입니다. 아내가 아무리 울타리를 쳤다 한들 흥건히 취한 남편이 넘지 못할 게 무엇이며, 아름이와 도란거리지 못할 것은 또 무엇입니까. 그렇다면 두 에피소드는 모두 '도란거리는 삶'의 양상이겠습니다. 그러므로 '일요일'이 만난 사람들은 시인만이 아니라 누구나 일상에서 마주할 수 있는 풍경입니다. 바로 그것이 시인이 열망하는 삶입니다.

화려한, 저 회한들

그러나 '도란거리는 삶'의 이면에는 회한도 묻어 있습니다. 마냥 행복한 삶은 없습니다. 또한 오로지 슬픈 생애만도 없습니다. 희비가 교차하고 애락이 갈마드는 게 삶입니다. 어쩌면 우리는 죽을 만큼 기쁘고, 살 만큼 슬픈 존재인지 모르겠습니다. 그러므로 윤혁재의 '갈마듦의 정서'가 빛나는 시적 의상을 입으면 다음과 같은 시가 탄생합니다.

틈새 비집고 올라온
사람 하나, 나무 하나,
모양 다른 시간
하나씩 붙잡고

하루하루를
오종종 매달려 왔다

시퍼렇던 잎들 샛노랗게 익었다지만
각자의 날들은
멍들어 낡아
흙이 될 날 머지않았다

이파리들도 아이들도
익어 가는 향 일진 몰라도
언제부터 시큼하게 풍기는
각자의 냄새
흠흠대며 쳐다본다

화가처럼
벽에 걸린
숱한 아쉬움의
제 그림을
자꾸 바라보며 묵상하듯

낡아
빙그르르 떨어지는
멍든 이날들
어디로 되돌릴 수 없듯

하루하루 틈새 시간 속

화려한 저 회한들

짐가방 속에 꾸려야겠다

– 「9월」 전문

때는 9월입니다. 사람도 나무도 틈새를 비집고 올라온
존재입니다. 모양은 다르지만 모두 "오종종 매달려" 생명
을 얻었습니다. 둘은 시간을 따라 "멍들어 낡아"갑니다. 시
월이 되고 십일월이 되고 십이월이 되면 "시큼하게 풍기는/
각자의 냄새"를 흠흠대며 쳐다 볼 것입니다. 그러므로 "멍
든 이날들/ 어디로 되돌릴 수 없듯" 짐 가방 속에 꾸려야겠
다는 인식에 도달하는 것입니다.

어떻습니까. 우리의 삶은 화려하면서도 회한을 품고 있
는 것 아니겠습니까. 젊은 날이라고 하여 회한이 없을 리 없
습니다. 노년의 삶이라고 하여 도대체 화려하지 않은 것만
은 아닙니다. 화려와 회한은 처음부터 한 몸입니다. 청춘과
노경을 구별하지 않는 생의 비의를 보여주는 데 이 작품의
미덕이 있다고 하겠습니다. 이는 윤혁재 특유의 시적 감각
이기도 합니다. 상반된 가치와 모순적인 현실의 이면에 깃
든 갈마듦을 볼 수 있는 눈 말입니다.

해맑던 나의 시절이 침침해져 보이지 않는다

이월의 땅 솟아올라
꽃바람 튼 얼굴 파묻고 꿈틀댄다
언제 성큼 자랐는지
한 무리 아이들이
꺼뭇꺼뭇 코밑까지 솜털 밀어 올린다

만난 사람에게 내뱉던 말, 까마득히 흘려보내곤
그 말들 거름인 양, 소쿠리 퍼담아
풀밭에 흩뿌리며 돌아왔다

억수 년
산기슭 파랑들처럼
한겨울, 이른 청보리밭이
꽃바람 좋아라
얼굴 빠끔 내밀다
빨갛게 영글어 가던 봉오리 쏙 다물어 버린다
내뱉은, 옛적 내 말들이 이리 아려온다

논바닥 지슴들 뻘뻘 뽑아내도
다시 돋는 잡풀처럼
목덜미에 새겨진 주름골 속까지 들어서라도
가슴에 박힌 못 뽑아 보려
잃었던 내 순한 맘, 그 길을 찾아가야 한다

　　울타리 가로질러

　　숨어 다니다

　　내 낡아가는 시간을 맞닥뜨린다

　　조등 태우는 냄새가 스며든다

　　어디론가 떠난 내 순한 맘들이 초조하다

　　물보다 순하던 마음을 낡은 등에 짊어지고

　　먼 길 찾아온,

　　내 열등의 시간을 맞닥뜨려 봐야겠다

－「낡아 가는 시간에 대하여」 전문

시간과 공간을 넘나들며 무한의 시공을 형성하고 있는 이번 시집의 많은 작품들 가운데서도 보다 직접적으로 시간을 사유하는 작품입니다. '낡아가는 시간'의 어의 그대로 점점 희미해져 보이지 않는 '해맑던 나의 시절'에 대한 회한이 보입니다. 그것은 "언제 성큼 자랐는지" 알 수 없는 "한 무리의 아이들"로 인해 더욱 예리한 생채기로 다가옵니다. "한겨울, 이른 청보리밭이/ 꽃바람 좋아라/ 얼굴 빠끔 내밀다"는 시구가 그것을 말해 줍니다.

그러나 시인은 더 나아갑니다. 불가역적인 시간을 회한과 생채기로만 인식하는 것이 아니라 "물보다 순하던 마음을 낡은 등에 짊어지고/ 먼 길 찾아온,/ 내 열등의 시간을 맞닥뜨려 봐야겠다"라는 도저한 의지의 표현에 이릅니다. 시인이 마주하고자 하는 것은 바로 '내 열등의 시간'입

153

니다. 여섯 글자 안에 자신의 삶을 모두 포괄하는 매우 날
카로운 시의식이 보입니다. 그리고 그것은 바로 '상반된 가
치와 모순적인 현실'을 통섭하는 서정시 본연의 마음결이라
고 하겠습니다.

짱뚱네 이야기

　윤혁재 시인은 경상남도 함안에서 태어나 대구 대건고등
학교에서 공부를 했습니다. 신부가 되고자 광주가톨릭대학
교에 진학해 사제의 길을 걸어가려 했습니다. 한국 가톨릭
최초의 사제 성 김대건 신부(1821~1846)의 뜻을 잇는 고등학
교에서부터 조금씩 자라났을 그의 성소(聖召)를 하느님께서
는 시난고난 살아가는 세속의 평신도 곁에 두려 했던 모양
입니다. "세상 같은 건 더러워서 버리는 것"이라고 한 백석
과 달리 바로 그 '더러운 세상' 속에 그의 소명이 있었던 것
입니다. 가령 이런 것입니다.

　　성당 갈 채비를 마친 아비가
　　냅다, 엄니요,
　　쇠약한 몸은 코로나에 잡아먹힐 수 있으니
　　읍내 성당 미사 대신
　　집에서 예절 드리는 게 안 좋겠소 하며
　　놀아주던 소란둥이 손자 놈들 다 데려

저들끼리 주일 미사를 간다

난데없이 점령당한 이 적막 속에서

여태 하던 주일 미사 가지 못하고

혼자 하는 예배가 엄두 나지 않는데

대문간 고양이 사알 다가와

한 발, 한 발, 기대고 다니던 작대기 잡아끌고

당신의 유일한 남새밭으로 데려간다

옳다구나

힘 달려 가쁜 숨 몰아쉬며 내려가다

언덕 중간 옴팡한 곳 주저앉아

내미는 저 쪽빛 하늘 조금 내려

공소 예절 드릴 제사상 조촐하게 차렸다

몰려다니는 오뉴월 바람들 불러 모으고

쪽파 새끼들 아침 햇살들 부르고

밤이 무섭지 않은 저 별들 닮아 가는

새끼 고추꽃들 불러 모으고

뒷집 둘순이 가시내

열없는 얼굴 닮은 호박꽃들마저 데려와

어수선한 기도드린다

기도 중 갑자기

혹여, 오늘처럼 방구석 웅크린 짐덩이 되다

저 너머 산동네 요양병원 신세 되지 않을까 하는
태산 같은 두려움이
할매 맞잡은 손바닥을
파고드는 이 분심分心,

저물녘까지 당신과 재밌게 놀다 온
까마중 같은 새끼들이
하느님, 당신보다 너무 좋아 죽겠습니다

－「남새밭 성당」 전문

쇠약한 엄니를 생각해 "여태 하던 주일 미사"를 드리러 읍내 성당에 가지 않고 남새밭에서 예절을 드리는 순간을 포착하는 것 말입니다. "소란둥이 손자 놈들" 다 데리고 "저들끼리 주일 미사"를 봉헌하는 어느 가족의 거룩한 주일을 기록하는 것 말입니다. 사제가 되어 맞이하는 신자들의 행렬만큼 이 가족의 공소 예절도 소중한 신앙생활인 것입니다. 그러므로 그것을 시화한 윤혁재의 눈은 어릴 때부터 키워 온 자신의 성소를 결코 잊은 것이 아닙니다.

"저물녘까지 당신과 재밌게 놀다 온/ 까마중 같은 새끼들이/ 하느님, 당신보다 너무 좋아 죽겠습니다". 그렇지 않습니까. 주례 사제도 없고 성가대도 없는 공소에서 드리는 예절이 읍내 성당의 대성전에서 올리는 미사보다 거룩하지 않다고 말할 수 없는 것처럼 까마중 같은 새끼들이 하느님보다 너무 좋아 죽겠는 마음이 우리들 세속의 표정 아니겠습니까. 우리는 '이곳'을 살며 '저곳'을 꿈꾸기에 남새밭도 얼마든지 성당이 될 수 있는 것입니다.

천둥 번개처럼 갈라지는
저 아래 언 강 소리
눈발 서성대는 뒷간까지 올라온다

푹푹 눈은 쌓이고
솔가지 부러지는 소리
뒷산 무너지는 소리
지금도 들린다

요맘때면
짱뚱네 마을 초삼월은
제 몸뚱어리 포르르 풀고 나와
파르스름 돋는 개펄 함께
온 동네 생기生氣를 피워 올리지

작년
갯벌 고랑 쏘다니던
헛간 기댄 널배가
푸른 냄새 맡으려
겨우내 찌뿌둥한 정강이 우두둑 일으킨다
늦잠 배기 옆집 놓게는

한동안 낯선 제 얼굴 메메 씻겨
갯벌 채비 서두른다

올해도 작년처럼
갯골 드는 배보다
나는 배
올 초에도 지켜보던 짱뚱네
오늘 맘 단단히 먹는다

도꼬마리처럼 달라붙는
새끼들 둘러업고
숨죽이며 기다리는
그 너머 느개 아줌마를 뒤따른다

노동이 밤낮으로 흐르는
검단 공사장
등짝 땀내와 어깨 골짝 무거운 비명들이
짱뚱네 갯벌 내와 뒤엉켜
새벽 물 때 들쳐오듯
생풍맞은 아침이 밀쳐 온다

―「짱뚱네 이야기」 전문

　　그렇습니다. 우리는 모두 짱뚱네 마을 사람들입니다.
"노동이 밤낮으로 흐르는" 공사장의 인부들이며, "등짝 땀

내와 어깨 골짝 무거운 비명들"을 짊어지고 갯벌과 뒤엉켜 살아가는 사람들입니다. 누군들 예외가 있겠습니까. 춥고 배고픈 시간을 견디지 않는 사람이 없는 것처럼 작은 일에 기쁨을 얻고 더 작은 데서 희망을 발견하는 이들이 바로 우리입니다. 그리고 시인은 그것을 시화하는 사람입니다. 이만 하면 역시 하느님께서는 그의 성소를 세속의 평신도 곁에 두려 하신 게 맞습니다.

한 늙은 바이올리니스트가 있었습니다. 둥글둥글 복스런 얼굴에 왠지 피곤한 기색이 역력한 그는 〈코렐리 주제에 의한 변주곡〉을 그저 무심히 아무 일 없다는 듯 연주하였습니다. 다른 악기들의 도움 없이 오직 바이올린으로만 소리를 만들어간 그는 처음부터 끝까지 무표정했습니다. 마치 인간의 표정 너머에 참다운 음악이 있다는 듯 선율을 따라 머리를 흔들고 몸을 비틀며 무아지경 속으로 들어갔습니다. 그는 그렇게 자신의 내면을 음파에 실어 우리에게 다가왔습니다.

이번 시집에서 윤혁재의 시편도 그와 같습니다. 의도하지 않는 무작위성의 언어들이 일상어와 시어를 넘나들며 내면을 파고듭니다. 무표정한 표정들이 즐비합니다. 시간의 축을 따라 아득한 과거로부터 미래까지, 공간의 축을 따라 한반도 곳곳 사방팔방을 누빕니다. 심지어 이 두 축은 서로 교차하면서 물리적 차원을 넘어 무한의 시공간을 구축합니다. 그는 그렇게 자신의 내면을 시어에 실어 우리에게 다가왔습니다.

다비드 오이스트라흐(David Oistrakh, 1908~1974)는 구 소
련 모스크바음악원의 교수였습니다. 천재들의 소굴이라고
하는 바이올린 영역에서도 특별한 음악성으로 많은 연주 활
동과 더 많은 제자를 길러낸 인물입니다. "20세기 서방세계
에서 하이페츠가 그 큰 날개를 펼쳐 모든 바이올리니스트를
가리고 있을 때, 그 그늘에서 유일하게 벗어나 있던 또 다
른 봉황이 있었다."는 평가를 받은 음악인입니다. 그에게서
타르티니(Giuseppe Tartini, 1692~1770)의 '코렐리 주제에 의한
변주'가 원음의 순수성을 회복하였듯이 윤혁재의 작품들에
서 우리는 서정시의 본질에 답하는 유려한 '갈마듦의 정서'
와 '본향에의 귀소의식'을 봅니다.

아울러 한 시인의 시세계를 큰 틀에서 언급하는 해설문의
특성상 일일이 적시하지 못한 노작들이 많았음을 특기하면
서, 표제를 함축하고 있는 '묵은지' 맛을 오래도록 잊지 못
할 것임을 밝힙니다.

늦봄
장독대 김칫독
묵은지 냄새는
엄니 등에 배인 땀 냄새다
　　　　　－「묵은지가 청보리를 기다린다」부분